UN MOT AUX PARENTS

Lorsque votre enfant est prêt à aborder le domaine de la lecture, le choix des livres est aussi important que le choix des aliments que vous lui préparez tous les jours.

La série **JE SAIS LIRE** comporte des histoires à la fois captivantes et instructives, agrémentées de nombreuses illustrations en couleurs, rendant ainsi l'apprentissage de la lecture plus agréable, plus amusant et plus en mesure d'éveiller l'intérêt de l'enfant. Un point à retenir: les livres de cette collection offrent *trois niveaux* de lecture, de façon que l'enfant puisse progresser à son propre rythme.

Le **NIVEAU 1** (préscolaire à 1re année) utilise un vocabulaire extrêmement simple, à la portée des très jeunes. Le **NIVEAU 2** (1re - 3e année) comporte un texte un peu plus long et un peu plus difficile. Le **NIVEAU 3** (2e - 3e année) s'adresse à ceux qui ont acquis une certaine facilité à lire. Ces critères ne sont établis qu'à titre de guide, car certains enfants passent d'une étape à l'autre beaucoup plus rapidement que d'autres. En somme, notre seul objectif est d'aider l'enfant à s'initier progressivement au monde merveilleux de la lecture.

À *Essie et à Pee Wee*

Dépôts légaux: 3ᵉ trimestre 1992
Bibliothèque nationale du Québec
Bibliothèque nationale du Canada

ISBN: 2-7625-7161-8
Imprimé au Canada
LES ÉDITIONS HÉRITAGE INC.
300, rue Arran, Saint-Lambert (Québec)   J4R 1K5
(514) 875-0327

20 000 CARTES DE BASEBALL SOUS LA MER

Texte Jon Buller et Susan Schade

Traduit de l'anglais par
Suzanne Spino

Niveau 3

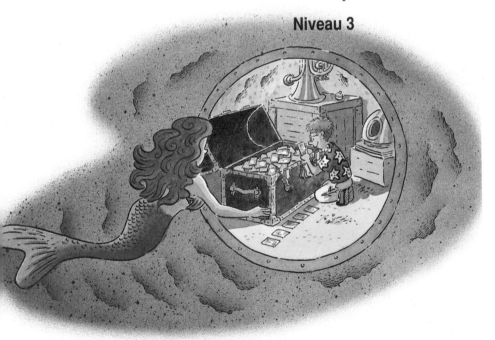

EH **Héritage jeunesse**

Je suis un collectionneur.
Je collectionne les cartes de baseball, les
dinosaures, les bandes dessinées, les robots et
les autos.
Mon ami Albert est aussi un collectionneur.

Un jour, je décide d'aller rendre visite à
Albert après l'école.
Je rêve à ce que j'achèterais si je gagnais à la
loterie. Achèterais-je une Corvette, une Rolls-
Royce ou une Jeep?

Je ne regarde pas où je mets les pieds.
Beurk! J'ai failli marcher sur un long serpent
noir. Enfin, ça ressemble à un serpent. Mais ce
n'est qu'une vieille bande de caoutchouc.
Je décide de l'apporter à Albert. Je suis
certain qu'il la trouvera utile.

Albert collectionne les vieilleries. Il aime les transformer.
Albert croit au recyclage.

Il est très content lorsque je lui apporte la
bande de caoutchouc.

— J'en ai justement besoin, dit-il, et il
l'accroche au mur.

Nous allons à la cuisine.

Albert me prépare toujours des pâtés
de poisson au sirop d'érable. Il sait combien
j'aime ça. Lui aussi, il aime ça.

— Dis-moi, Roger, l'école ça va? me
demande-t-il.

Je lui raconte souvent mes problèmes à
l'école.

— Aujourd'hui, on m'a choisi le dernier pour
l'équipe de ballon-panier, même après les
filles. Et il y avait du ravioli pour dîner.

Ensuite, Albert me parle de ses problèmes.
— Sais-tu qu'ils ont augmenté mes taxes
à 2 000 $? Où vais-je trouver 2 000 $? Ce
pays est dans de beaux draps. Pire, toute cette
planète s'en va à la ruine.

Après ce petit goûter, nous sortons. Albert apporte la bande de caoutchouc et nous allons examiner sa dernière invention.

Ça ressemble à une pilule géante sur roues.
Albert colle le caoutchouc autour de la partie
avant.

— Cette bande est tout à fait ce qu'il me faut,
dit-il.

Lorsqu'il a fini, il ouvre la porte et se glisse
à l'intérieur.

— Viens Roger, dit-il, essayons-la!

Je n'ai encore jamais essayé les machins-trucs
d'Albert.
Je ne sais pas si c'est une bonne idée, mais je
pénètre à l'intérieur quand même.

Albert tourne une clé. Dans un bruit de ferraille, le bidule sort de la cour et roule sur la plage.

Oh!oh! Nous allons droit vers l'eau.

Nous entrons dans l'eau.

Nous sommes SOUS l'eau!

Je suis sous la mer dans un sous-marin
improvisé.

Un petit jet d'eau brune pénètre par
une fissure dans la paroi.

— Eh, Albert!

Je tire sur sa manche et lui montre la fissure.

— Pas de problème, dit-il en me tendant
une bouteille. Applique un peu de ce truc
gluant sur la fissure, veux-tu?

Je fais ce qu'il me dit et la fissure disparaît.

Puis je regarde par la fenêtre. C'est
merveilleux! Nous touchons presque le fond
de l'océan. Le paysage est fantasmagorique.

L'eau filtre les rayons de lumière. Les plantes se balancent de gauche à droite. Une sirène nage près de nous. UNE SIRÈNE?

— Eh! crié-je, c'est une...

— Je sais, dit Albert, il y en a beaucoup ici. Je regarde tout autour. Albert a raison.

Quelque temps plus tard, nous nous arrêtons sur une muraille de pierre.

— Oh!oh! dis-je.

— Mais non, me rassure Albert, c'est ici que nous descendons.

Il ouvre la porte.
Je m'attends à une inondation en règle,
mais il ne se passe rien. La bande
de caoutchouc scelle parfaitement la muraille.
Il y a une autre porte dans la muraille
de pierre.

Albert l'ouvre et nous rampons dans
une caverne sous-marine.
Elle est remplie de vieux objets disparates!
— Comment aimes-tu mon entrepôt?
me demande Albert.
Je reste sans voix.

— D'où viennent toutes ces choses et comment sont-elles ici? dis-je, une fois revenu de ma surprise.

— Elles proviennent de navires naufragés. Les sirènes les collectionnent pour moi. En retour, je leur bricole quelques bidules. Nous nous entendons très bien.

Je regarde par la fenêtre. Je vois des sirènes
qui se promènent dans de drôles de machins-
trucs. Je reconnais le travail d'Albert.
— Tu peux faire le tour, Roger, dit-il, au cas
où quelque chose t'intéresserait.
SENSASS!

Il y a plein de choses intéressantes:
des chapeaux, des bottes, des hameçons,
des serviettes, des livres, des cordages et
même de l'équipement de plongée,
des hélices, des chaises brisées et un tuba.

Il y a des instruments de navigation en bois avec des cadrans et des mécanismes. Je ne sais pas vraiment à quoi ils servent, mais ils me plaisent beaucoup.

Dans un coin, je remarque de vieux livres et
des magazines empilés sur un coffre en bois.
Ils sont pleins de poussière.
J'enlève les livres et les magazines et
j'ouvre le coffre.

Il est rempli de paquets de cartes de baseball!
Enfin, quelque chose qui m'intéresse
vraiment.
J'ouvre un paquet.

La gomme à mâcher est dure. Sur le dessus,
il y a la carte 1951 de la recrue Tony Pudnik!
Est-ce possible?

Dans mon catalogue de cartes de baseball,
il y a une page complète sur cette carte. Elle
vaut 5 000 $. Sans blague.

J'en avale presque ma gomme.

Je compte les paquets et fais des calculs
savants dans le sable lorsque Albert
m'appelle.

— Hé, Roger!

— Donne-moi encore cinq minutes!
lui crié-je.

— Cinq minutes? Je te donne cinquante ans!
Nous restons! dit Albert.

— Rester? Tu veux dire sous la mer?
POUR TOUJOURS?

— Pourquoi pas? Penses-y. Plus de taxes!
Plus de problèmes! Des sirènes. Plein
de vieilles choses à bricoler. Plus d'école.

Plus d'école. Je réfléchis. Mais...

— Y a-t-il d'autres enfants ici? demandé-je.

— Bien sûr, répond Albert, des enfants sirènes!

Il fait un geste vers le hublot. Une fille sirène nage tout près.

Elle me voit. Elle appelle son amie. Toutes les deux me regardent et me pointent du doigt en riant.

Je leur fais une de mes imitations comiques.
Elles rient aux éclats.

Je pense que j'aimerais bien vivre sous la mer
pour quelque temps. Bien sûr, il faudra que
j'appelle ma mère.

Tout à coup, je me souviens des cartes
de baseball.

— Oh non! m'exclamé-je, je voulais vendre
des cartes de baseball et acheter une Corvette.
Albert rit de bon cœur.

— C'est vrai! Ne sais-tu pas combien valent ces cartes? Tony Pudnik se vend 5 000 $!
Et je pourrais probablement avoir 1 500 $ pour celle-ci, peut-être même 2 000 $. Il y a environ 20 000 cartes ici et si elles se vendaient seulement 10 $ chacune, cela ferait 200 000 $!
Albert s'anime quelque peu.

— Tu as amassé des choses précieuses ici, lui dis-je, ces vieilles bandes dessinées valent très cher aussi.

— Alors, je pourrais payer mes taxes, dit-il lentement.

— Sans problème, que je lui réponds.

— Je pourrais conserver ma maison et visiter les sirènes. D'accord, nous partagerons moitié-moitié, conclut Albert.

Je le trouve bien généreux. On se serre la main.

Voilà pourquoi j'ai maintenant ma Corvette.

Bien sûr, je n'ai pas encore mon permis
de conduire. Mais je permets à ma mère de me
conduire de temps à autre.
Et j'ai encore la carte de la recrue
Tony Pudnik.

Dans la vie, il y a des choses plus importantes que l'argent.